Simon Ustinov

Ramona Ustinov

Rainer Ustinov

Ntscho Ustinov

Vorsicht Schusswaffen!

Bilder meines Lebens

Ich glaube, das Theater ist ein Ort, wo alles erlaubt ist,

solange das Publikum – im Großen und Ganzen – wach bleibt.

solange das Publikum – im Großen und Ganzen – wach bleibt.

R52
R53
R54
R55
R56
R57
R58
R59
R61
R62
R63

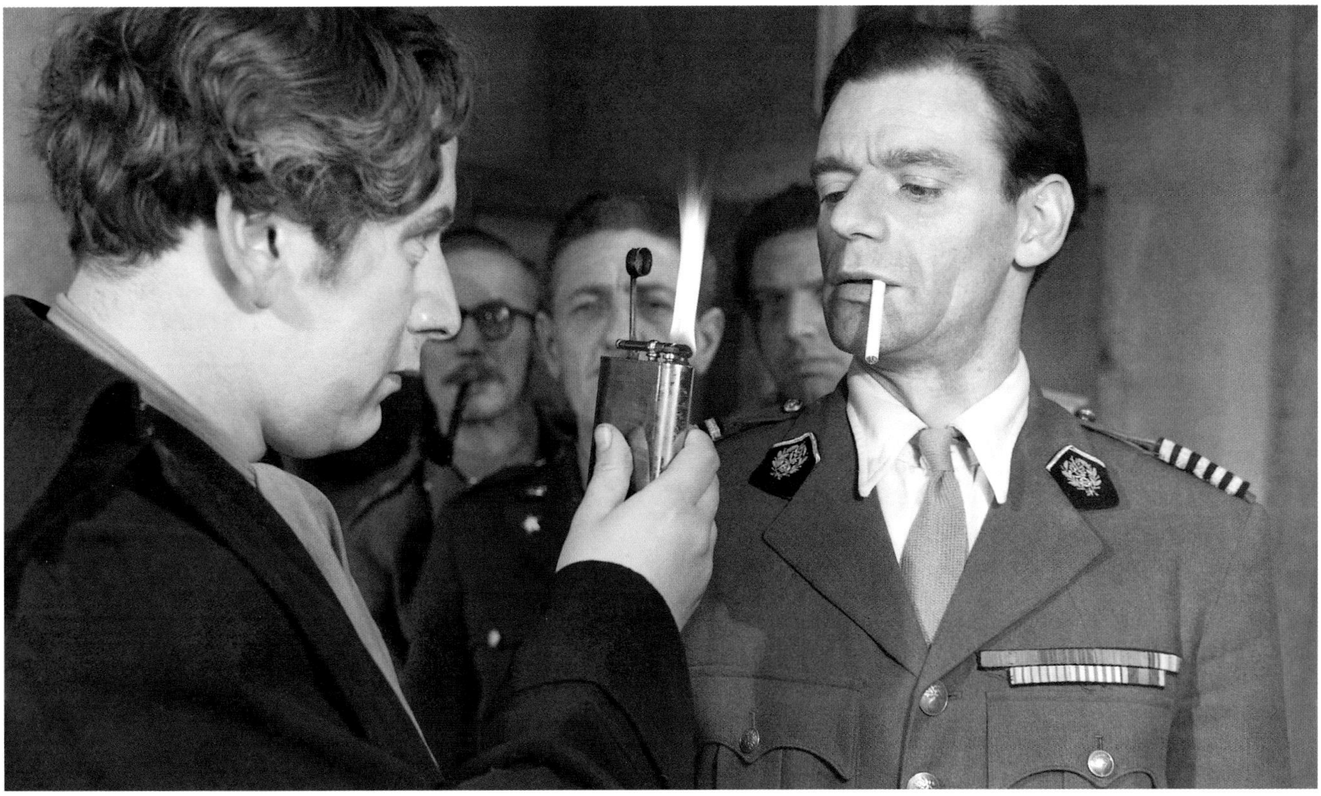

Mit achtundzwanzig erhielt ich einen aufregenden Vorschlag. MGM wollte ein Remake von Quo Vadis drehen, und ich war ein Kandidat für die Rolle des Nero. Der Produzent hieß Sam Zimbalist und der Regisseur Mervyn Leroy. Sie waren von meinem Vorsprechen angetan, warnten mich jedoch telegrafisch, dass ich für die Rolle vielleicht ein

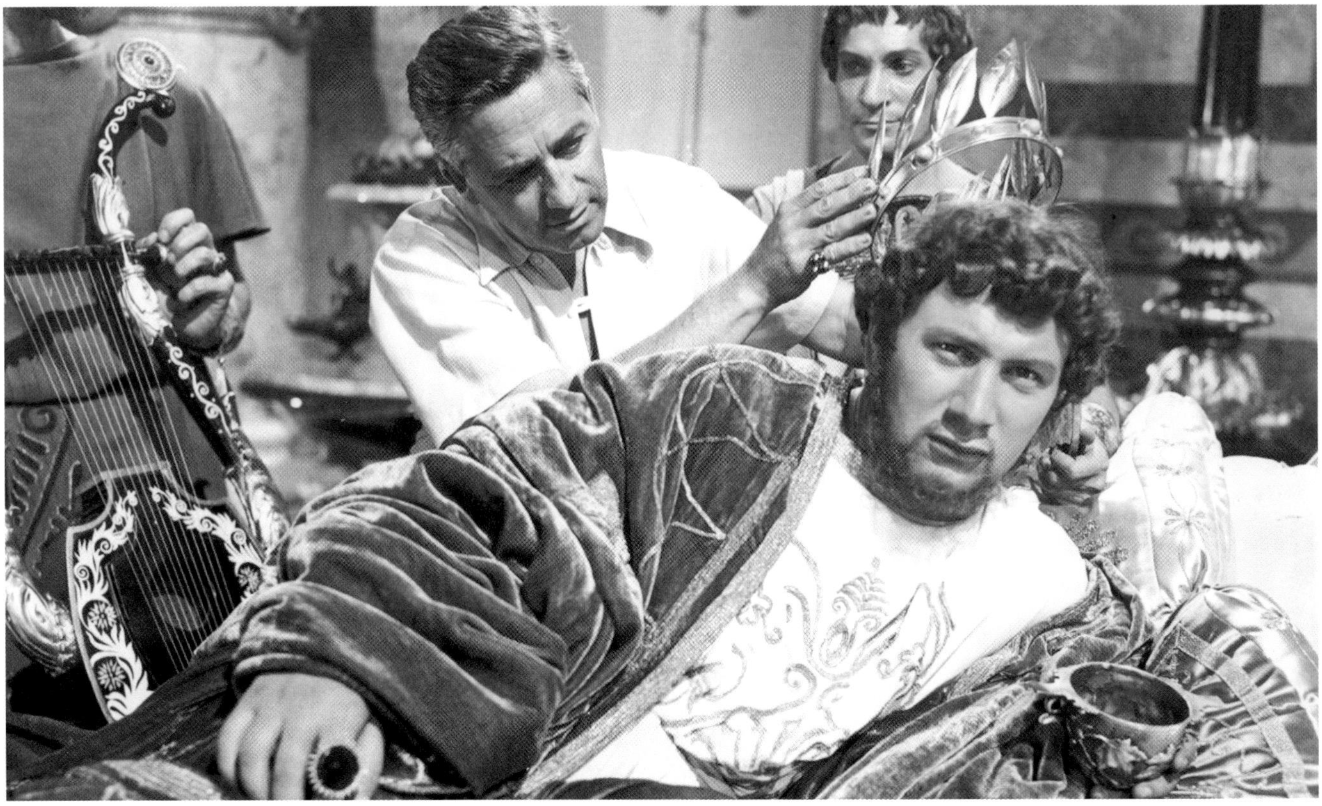

wenig zu jung wäre. Ich kabelte zurück, dass ich womöglich zu alt sein würde, wenn sie den Film noch einmal verschöben, da Nero mit einunddreißig gestorben sei. In einem zweiten Telegramm schrieben sie: »HISTORISCHE NACHFORSCHUNGEN BESTÄTIGEN IHRE ANGABEN STOP DIE ROLLE GEHÖRT IHNEN.«

»O züngelnde Flammen, o himmlische Macht«

Bei den Dreharbeiten herrschte eine absolut ungeheuerliche Hitze. Als wäre die Sonnenhitze nicht genug, brannten um uns herum überall Feuer in Kohlenbecken, die schwarze Asche auf unsere Togas verteilten, und von oben strahlten die Lampen auf uns herab. Eine tapfere Harfenistin von der amerikanischen Akademie in Rom saß schweißgebadet auf einem Podium und wartete darauf, mit ihren anmutigeren Lauten meine Handbewegungen auf der Leier zu begleiten. Von einem Kran aus brüllte Mervyn Leroy Anweisungen und Gegenanweisungen, und von dem aus minderwertigem Metall gefertigten Lorbeerkranz, der schauderhaft nach Eisen roch, bahnten sich dünne grüne Bächlein ihren Weg über mein Gesicht. In diesem kreativen Hexenkessel war es grauenhaft, und ich fürchtete um die Gesundheit der älteren Schauspieler, deren Nasenlöcher sich vom Kohlenstaub schwärzten und deren Lungen sich in ihren überhitzten Brustkörben schwer hoben und senkten. Um das Inferno komplett zu machen, stand auch noch ein Modell Roms in Flammen, während auf der Hintergrundprojektion hinter uns ein wahres Feuerwerk abbrannte. Endlich konnten wir drehen. Ich rief mir den Text meines Wahnsinnsliedes in Erinnerung, »O züngelnde Flammen, o himmlische Macht«, und räusperte das bisschen Hals, was ich noch spürte.

In dem Moment schrie Mervyn: »Lasst mich runter! Um Himmels willen, lasst mich bloß runter!«

Die Spannung ließ deutlich nach, als Mervyn plötzlich nicht mehr zu sehen war. Dann wackelte der Balkon, ein sicheres Zeichen dafür, dass ihn jemand erklomm. Mervyns Kopf schob sich über die Brüstung, Zigarre zwischen den Zähnen, der Blick zuversichtlich und verständnisvoll wie der eines Managers, der einem halb toten Boxer weismacht, er liege nach Punkten vorn, und er ließ mich zu einem vertraulichen Wort näher treten.

Mit seiner Havanna auf die brennende Stadt deutend, sagte er leise: »Vergessen Sie nicht, für all das sind Sie verantwortlich.« Mervyn war kein Regisseur, der irgendetwas dem Zufall überließ.

Für die Gesänge Neros gab es Unterricht
an der Oper von Rom.

Ein Wiedersehen mit Kaiser Nero

Eines der schönsten Ereignisse der letzten Wochen hat sich per Fax angekündigt. Giovanna Melandri, die italienische Kulturministerin, lud mich nach Rom ein, zur feierlichen Wiedereröffnung der renovierten, einst unter Kaiser Nero erbauten Villa Aurea. In ihrem Schreiben erwähnte Signora Melandri, dieses Ereignis wäre ohne die Anwesenheit des ursprünglichen Besitzers besagter Villa undenkbar. Am Vorabend des Festes wurde »Quo vadis?« auf einer riesigen Leinwand auf der Piazza del Popolo gezeigt. Ich sah mich dabei selbst, wie ich ein halbes Jahrhundert zuvor trotz langem Samtmantel mit geradezu beunruhigender Behändigkeit die Stufen hinauflief und mit ruchloser Gerissenheit die Zerstörung von Rom ausheckte.
Danach wurde ich aufgefordert, eine Rede zu halten. Auf dem Platz herrschte eine Stille wie zu den alten Zeiten der Toga und des Lorbeerkranzes. Zuallererst entschuldigte ich mein mittelmäßiges Italienisch mit der Ausrede, dass meine Muttersprache Latein sei. Danach beglückwünschte ich die charmante wie auch attraktive Kulturministerin und Roms jungen Bürgermeister, Signor Rutelli, dafür, was sie seit meinem Feuer aus dieser Stadt gemacht haben. Und dann lenkte ich die Aufmerksamkeit auf den Wandel der Zeit: Denn die Gewalt von einst wurde – zumindest in Rom – längst von einer größeren Menschlichkeit abgelöst. Als Symbol dieser Entwicklung bezeichnete ich das Kolosseum, einst Spielplatz brüllender Löwen, die nach Christen jagten, heute die Heimat aller herumstreunenden Katzen auf der Suche nach Wärme. Zu guter Letzt erwähnte ich die ungebrochene Vitalität der Ewigen Stadt, die jüngst Gastgeber einer der politisch bedeutendsten Konferenzen war, ein Meilenstein in der Geschichte der Gerechtigkeit. Damit meine ich die Konferenz zur Gründung eines Internationalen Strafgerichtshofes, an der insgesamt 148 Nationen teilnahmen.

Ein europäischer Film – *Lola Montez* (1955) wurde unter der Regie von Max Ophüls in Paris gedreht.

Über Max Ophüls und seinen letzten Film Lola Montez

»*Lola Montez* beruht auf einem Zirkusauftritt, in dem die berühmte Kurtisane auf ihr Leben und ihre Liebesaffären mit Liszt, König Ludwig I. von Bayern, einem Studenten und mehreren anderen Männern zurückblickt. Peter spielte den Zirkusdirektor, und er brauchte einige Zeit, bis er hinter die fast schon an oberflächliche Gleichgültigkeit grenzende Professionalität blickte:

›Irgendwann hingen Zwerge und Liliputaner von der Decke und schwangen in speziellen Gehängen im Takt der Musik auf und ab. Nun sind Zwerge ja, verglichen mit ihrer Körpergröße, recht robust gebaut, während Liliputaner zwar genauso winzig, aber ansonsten normal proportioniert sind. Bei einem schlüpfte das Gehänge weg, sodass er Gefahr lief, entweder herunterzufallen oder aber sich zu erdrosseln. Ophüls sah das und schrie auf Deutsch: ›Lasst die Zwerge hängen.‹ Ich starrte ihn entgeistert an. Das kriegte er aus dem Augenwinkel mit, wandte sich zu mir um und kicherte, dann rief er: ›Schnitt!‹ So hatte ich ihn richtig auf Preußisch erwischt.

Max war eine zutiefst menschliche Gestalt und ein eingefleischter Kicherer. Unter den Regisseuren bin ich nie einem verwandten Geist begegnet, der nicht gekichert hätte.‹«

Der Hund, der »Herr Bozzi« hieß, 1957 – eine seiner Lieblingsrollen

Spartacus ist zweifellos der erste Film über ein historisches Thema, dessen Dreharbeiten länger dauerten als das Ereignis, von dem er handelt. Er zog sich so lange hin, dass unser drittes Kind, meine Tochter Andrea, die während der Dreharbeiten zur Welt kam, die Fragen eines neugierigen Spielkameraden beantworten konnte, bevor der Film fertig war. »Womit verdient dein Daddy sein Geld?« fragte der Spielgefährte. »Mit Spartacus«, antwortete Andrea.

Romanoff und Julia

»Die Ost-West-Spannungen und das Bemühen der Vereinten Nationen, diese abzubauen, sind der Hintergrund dieser Komödie: Bei einer UNO-Abstimmung in den 50er Jahren enthält sich der völlig unbekannte europäische Kleinstaat ›Concordia‹ der Stimme, was zu heftigen Protesten der beiden Machtblöcke führt. Doch der politisch ungebundene General und Präsident des kleinsten Landes Europas widersteht dem Druck der Supermächte und bemüht sich stattdessen, eine private Tragödie zu verhindern. Denn der Sohn des bei ihm akkredierten russischen Botschafters, Igor Romanoff, und die Tochter des amerikanischen Botschafters, Julia Moulsworth, haben ihre Liebe zueinander entdeckt. Die Botschaften liegen sich am Marktplatz der Stadt genau gegenüber, mit je einem Balkon für das liebeskranke Paar. Da gilt es, bei den unüberwindlichen ideologischen Gegensätzen zwischen den Eltern das größte Unglück abzuwenden. Mit allen Mitteln. Mit kleinen Freundlichkeiten, denen sich die Betroffenen nicht entziehen können. Mit dem ›Gleichgewicht der Schwächen‹. Denn das kleine Land hat eine eigenartige und angenehm zersetzende Atmosphäre, die letztlich eine Annäherung der politischen Gegner erlauben wird.«

Auf Shakespeares Spuren – die Verfilmung seines Theaterstücks *Romanoff und Julia*, 1961. Er selbst führt Regie und übernimmt die Rolle des Staatspräsidenten von »Concordia«.

Peter Ustinov über sein eigenes imaginäres Land

Ich sage nur soviel: Es hat eine geographische Lage, eine eigene Weltsicht und Probleme; viele Probleme. So wie ein Erwachsener viele Probleme hat. Es ist kein Utopia, kein Erewhon. Die Geheimnisse dieser Traumländer wurden verraten. Wenn man solche Geheimnisse ausplaudert, benutzt man sie zur Unterhaltung, und damit wird die Nützlichkeit eines solchen Ortes, seine Wirklichkeit zerstört. Ich kann dir nur verraten, dass Bodenschätze und Verkehrsmittel verstaatlicht sind, die freie Marktwirtschaft jedoch gefördert wird, was menschlichen Erfindungsreichtum und Geschäftssinn betrifft.

Unser Rechtssystem basiert auf mittelalterlichen Vorbildern; es gibt keinen Verteidiger, und der Staatsanwalt ist kein eigenständiger Prozessbeteiligter, sondern darf wie ein Zeuge nur Fragen beantworten.

Mehr möchte ich über mein Land nicht sagen, außer dass ich inzwischen, wenn es zu internationalen Spannungen kommt, weder als Engländer noch als Russe oder als jemand reagiere, der sich gelegentlich in Amerika, Frankreich, der Schweiz oder Deutschland aufhält, sondern als Präsident meiner eigenen Nation auf Lebenszeit.

Spartacus ist zweifellos der erste Film über ein historisches Thema, dessen Dreharbeiten länger dauerten als das Ereignis, von dem er handelt. Er zog sich so lange hin, dass unser drittes Kind, meine Tochter Andrea, die während der Dreharbeiten zur Welt kam, die Fragen eines neugierigen Spielkameraden beantworten konnte, bevor der Film fertig war. »Womit verdient dein Daddy sein Geld?« fragte der Spielgefährte. »Mit Spartacus«, antwortete Andrea.

Hollywood

Nur in Hollywood findet man erwachsene Menschen, die niemals ihre romantische Konzeption der Vergangenheit abgeschüttelt haben. Für diese liebenswerten Geschöpfe ist Geschichte ein überraschender und wunderschöner Traum, also etwas, was es in der harten Welt der Realität nie gegeben hat.

Auf den 5. Internationalen Filmfestspielen in Berlin, 1955

Kinder vergessen, dass sie zwar keinerlei Erfahrung mit ihrem Kindsein haben, ihre Väter aber auch keinerlei Erfahrung mit ihrem Vatersein.

Romanoff und Julia

Auf Shakespeares Spuren – die Verfilmung seines Theaterstücks *Romanoff und Julia*, 1961. Er selbst führt Regie und übernimmt die Rolle des Staatspräsidenten von »Concordia«.

»Die Ost-West-Spannungen und das Bemühen der Vereinten Nationen, diese abzubauen, sind der Hintergrund dieser Komödie: Bei einer UNO-Abstimmung in den 50er Jahren enthält sich der völlig unbekannte europäische Kleinstaat ›Concordia‹ der Stimme, was zu heftigen Protesten der beiden Machtblöcke führt. Doch der politisch ungebundene General und Präsident des kleinsten Landes Europas widersteht dem Druck der Supermächte und bemüht sich stattdessen, eine private Tragödie zu verhindern. Denn der Sohn des bei ihm akkredierten russischen Botschafters, Igor Romanoff, und die Tochter des amerikanischen Botschafters, Julia Moulsworth, haben ihre Liebe zueinander entdeckt. Die Botschaften liegen sich am Marktplatz der Stadt genau gegenüber, mit je einem Balkon für das liebeskranke Paar. Da gilt es, bei den unüberwindlichen ideologischen Gegensätzen zwischen den Eltern das größte Unglück abzuwenden. Mit allen Mitteln. Mit kleinen Freundlichkeiten, denen sich die Betroffenen nicht entziehen können. Mit dem ›Gleichgewicht der Schwächen‹. Denn das kleine Land hat eine eigenartige und angenehm zersetzende Atmosphäre, die letztlich eine Annäherung der politischen Gegner erlauben wird.«

Peter Ustinov über sein eigenes imaginäres Land

Ich sage nur soviel: Es hat eine geographische Lage, eine eigene Weltsicht und Probleme; viele Probleme. So wie ein Erwachsener viele Probleme hat. Es ist kein Utopia, kein Erewhon. Die Geheimnisse dieser Traumländer wurden verraten. Wenn man solche Geheimnisse ausplaudert, benutzt man sie zur Unterhaltung, und damit wird die Nützlichkeit eines solchen Ortes, seine Wirklichkeit zerstört. Ich kann dir nur verraten, dass Bodenschätze und Verkehrsmittel verstaatlicht sind, die freie Marktwirtschaft jedoch gefördert wird, was menschlichen Erfindungsreichtum und Geschäftssinn betrifft.

Unser Rechtssystem basiert auf mittelalterlichen Vorbildern; es gibt keinen Verteidiger, und der Staatsanwalt ist kein eigenständiger Prozessbeteiligter, sondern darf wie ein Zeuge nur Fragen beantworten.

Mehr möchte ich über mein Land nicht sagen, außer dass ich inzwischen, wenn es zu internationalen Spannungen kommt, weder als Engländer noch als Russe oder als jemand reagiere, der sich gelegentlich in Amerika, Frankreich, der Schweiz oder Deutschland aufhält, sondern als Präsident meiner eigenen Nation auf Lebenszeit.

IF YOU ARE MUSICAL
THE CONCORDIAN ARMY BAND
IS WHERE YOU BELONG
YOUR COUNTRY NEEDS
YOU
SECRETS
ARE FOR
KEEPING
GENERAL MOBILIZATION

»Spartacus erhielt mehrere Oscar-Nominierungen, aber nur Peter Ustinov wurde für seine Mitwirkung darin mit dem Oscar als bester Nebendarsteller ausgezeichnet. Daraufhin erhielt er ein Telegramm von Laurence Olivier: ›Danke, dass du so hervorragend neben mir warst.‹ Das wurde zwischen den beiden zum geflügelten Wort.«

Eingeladen zur Kostümparty bei Richard Burton – mit Henry Fonda, 1958

Ein stolzer Oscargewinner neben Shirley Jones, Elizabeth Taylor und Richard Burton, 1961

»Spartacus erhielt mehrere Oscar-Nominierungen, aber nur Peter Ustinov wurde für seine Mitwirkung darin mit dem Oscar als bester Nebendarsteller ausgezeichnet. Daraufhin erhielt er ein Telegramm von Laurence Olivier: ›Danke, dass du so hervorragend neben mir warst.‹ Das wurde zwischen den beiden zum geflügelten Wort.«

Eingeladen zur Kostümparty bei Richard Burton – mit Henry Fonda, 1958

Ein stolzer Oscargewinner neben Shirley Jones, Elizabeth Taylor und Richard Burton, 1961

Ricordo

Der Charme der Weiblichkeit

Wenn ich an Bällen teilgenommen hatte, dann als aktives und resolutes Mauerblümchen, das glaubte, Körperkontakte bei Walzer und Tango seien zu vernachlässigen, da der Geist mehr als genug damit beschäftigt sei, einen komplizierten Rhythmus zu begreifen. Mit anderen Worten, ich war weder der Figur noch meiner Neigung nach ein geborener Tänzer. Für mich hatte Tanzen mehr mit Mathematik als mit Choreographie zu tun, und ein Fehler wurde deutlicher und beredter bestraft als in der Schule, nämlich mit dem Zerreißen von zartem Stoff oder einem Schmerzensschrei. Später brachte ich sogar den Mut auf, die reizende Einladung (oder war es eher ein Befehl?) zu einem Tanz mit der Königin auszuschlagen, der ich warnend die mit einem solchen Vorgang verbundenen physischen Gefahren vor Augen hielt. Da die britische Demokratie im Laufe der Jahrhunderte gereift war, reagierte Elisabeth II. mit einem huldvollen Lächeln auf meine Verlegenheit, die mich unter Elisabeth I. mit Sicherheit den Kopf gekostet hätte; allerdings sollte ich der Fairness halber erwähnen, dass ich weniger Skrupel gehabt hätte, mit Elisabeth I. eine kesse Sohle aufs Parkett zu legen. Schon aufgrund der Masse ihrer Röcke wäre reine Böswilligkeit statt bloßes Unvermögen erforderlich gewesen, ihr auf die königlichen Zehen zu treten.

Als Prince of Wales – mit Elizabeth Tailor in *Beau Brummel – Rebell und Verführer*, 1954

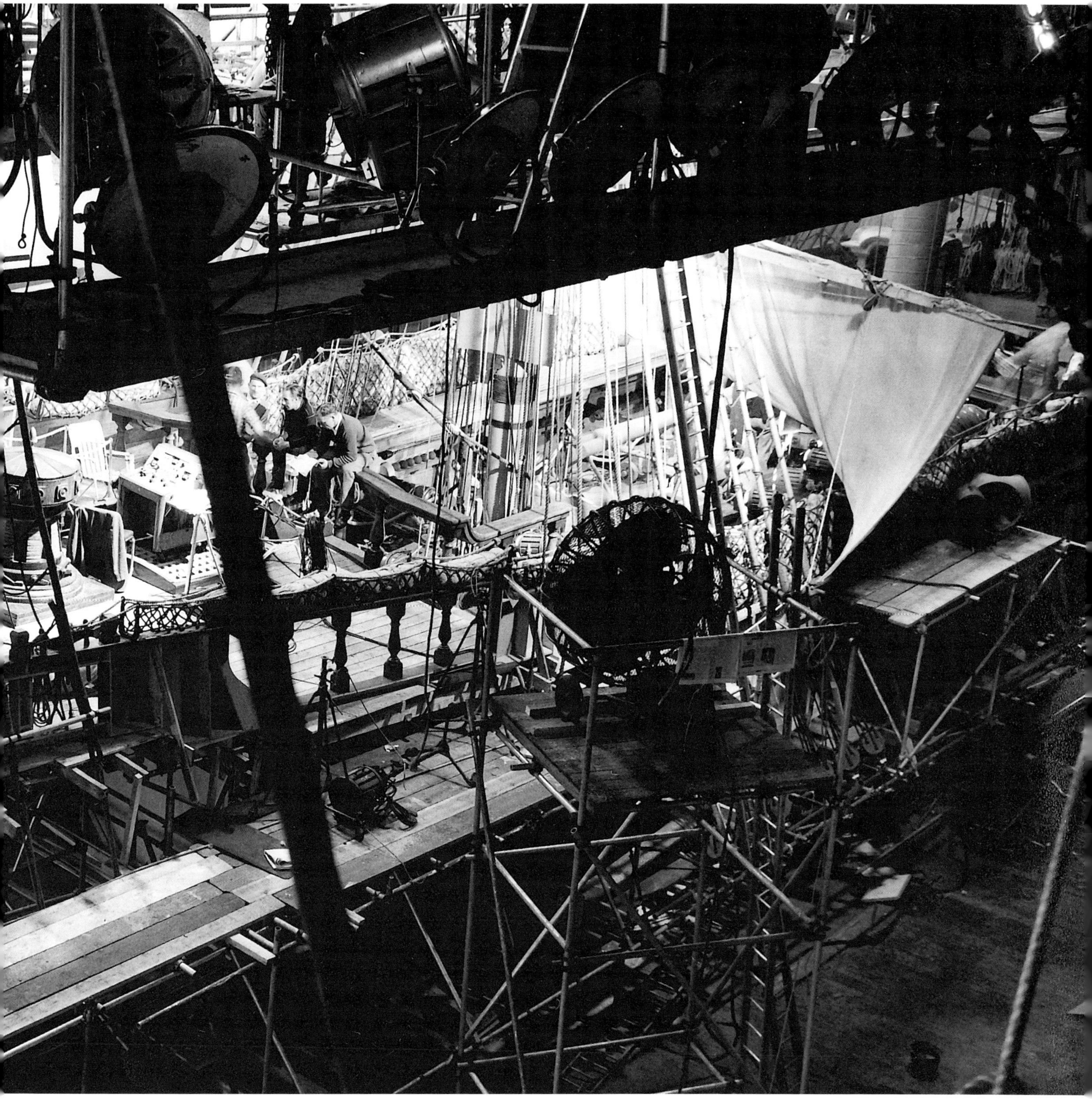

Man fragte mich schon in der Schule, wer der größte Komponist sei, der je gelebt habe. Ich sagte, Bach. Man belehrte mich, die richtige Antwort laute Beethoven. Ich murmelte vor mich hin: »Für mich ist Mozart viel bedeutender als Beethoven.« Daraufhin musste ich als Strafarbeit hundertmal schreiben: »Beethoven ist der größte Komponist aller Zeiten.«

Musikalische Momente – bei der Lektüre der Partitur von Mozarts *Hochzeit des Figaro* in Salzburg

Als ich jung war, schenkte mir jemand einen Taktstock. Seither habe ich so ziemlich jedes bedeutende Orchesterwerk dirigiert – vor einer Musiktruhe.

Von Natur aus bin ich zwar recht musikalisch, aber völlig unorganisiert. In der Schule habe ich schlecht Flöte gespielt. Nur aus dem Grund, weil im Schulorchester schlechte Flötisten fehlten, übernahm ich diesen Part; außerdem musste ich nicht mehr als eine Note auf einmal lesen. Deswegen könnte ich auch nicht Klavier spielen. Bei Schönberg hätte ich allerdings mehr Glück als bei Bach.

Unter Autorenkollegen – auf einer Lesung in der Alten Oper in Frankfurt am Main mit Mario Adorf und Günter Lamprecht

Kölner Impressionen

Als ich in London erzählte, dass ich vom »Verband des Österreichischen Buchhandels« ausgezeichnet wurde, reagierte man spontan – besonders die Buchhändler. »Buchhändler vergeben keine Preise«, hieß es unisono, empört, dass eine solche Großzügigkeit als normal erachtet werden sollte, »das ist Aufgabe der Kritiker.« Möglich. Obwohl ich selbst mehr Wert auf eine Auszeichnung durch Buchhändler als durch Kritiker lege. Und zwar aus dem simplen Grund, weil Buchhändler mehr Zeit mit einem Buch in den Händen verbringen als Kritiker, die es sich häufig zur Pflicht machen, Tag für Tag ein neues Buch zu lesen.

Alle Schriftsteller haben einen Mutterinstinkt. Liebevoll sorgen sie für ihre schwächsten Schöpfungen.

Deutschlandspiele

Seine letzte Rolle – als Friedrich der Weise, Kurfürst von Sachsen, in *Luther*, 2003. Mit Ralph Fiennes in der Titelrolle

Die jüngste deutsche Geschichte – in dem Dokudrama über den Fall der Mauer, *Deutschlandspiel*, 2000

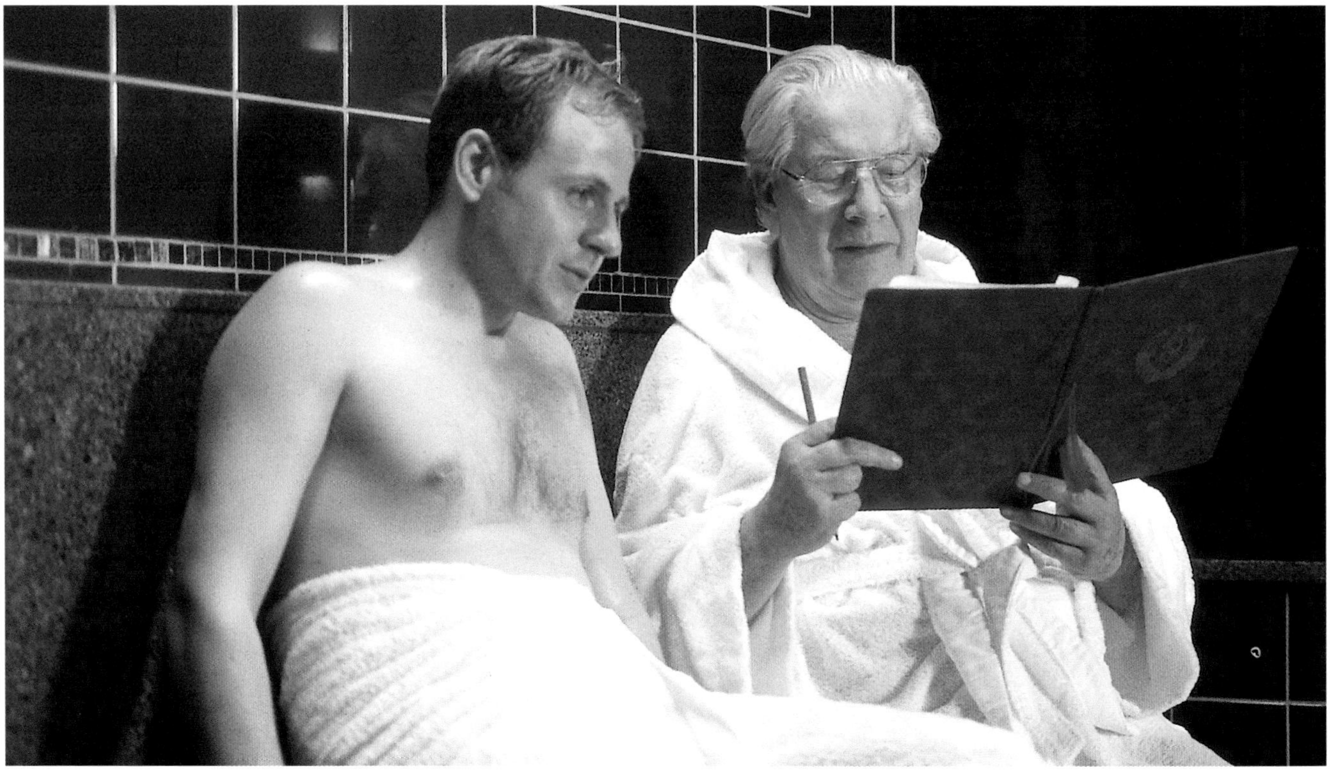

Als ich in London erzählte, dass ich vom »Verband des Österreichischen Buchhandels« ausgezeichnet wurde, reagierte man spontan – besonders die Buchhändler. »Buchhändler vergeben keine Preise«, hieß es unisono, empört, dass eine solche Großzügigkeit als normal erachtet werden sollte, »das ist Aufgabe der Kritiker.« Möglich. Obwohl ich selbst mehr Wert auf eine Auszeichnung durch Buchhändler als durch Kritiker lege. Und zwar aus dem simplen Grund, weil Buchhändler mehr Zeit mit einem Buch in den Händen verbringen als Kritiker, die es sich häufig zur Pflicht machen, Tag für Tag ein neues Buch zu lesen.

Alle Schriftsteller haben einen Mutterinstinkt. Liebevoll sorgen sie für ihre schwächsten Schöpfungen.

Seine letzte Rolle – als Friedrich der Weise, Kurfürst von Sachsen, in *Luther*, 2003. Mit Ralph Fiennes in der Titelrolle

Die jüngste deutsche Geschichte – in dem Dokudrama über den Fall der Mauer, *Deutschlandspiel*, 2000

Der entscheidende Moment war, als Präsident Eisenhower seinen Freund,den Schauspieler Robert Montgomery, unschuldig bat, ihm bei seinem Fernseh-Make-up zu helfen. Von da an gab es kein Zurück.

Charles de Gaulle und Fidel Castro

Begegnungen in der Medienwelt – deutsche Kanzler, der Literaturpapst, Heidi Klum und König Hussein von Jordanien (rechts Ustinovs Freund und Manager Peter Köster), Nina Hagen, André Eisermann, Ignatz Bubis und Herbert Feuerstein

Die endlose Reise

Urlaub ist eine lebenswichtige Erinnerungsstütze daran, was der Mensch war, ehe der menschliche Einfallsreichtum mit unendlich vielen Ablenkungen in sein Refugium einfiel.

Ich bin gern anderswo, aber das Reisen hat sich zu einem Alptraum entwickelt, weil es sich so in die Länge zieht. Stunden bringt man auf Flughäfen zu, in Begleitung von Gepäckwagen, die aussehen wie verworfene Prototypen von Bleriots Flugzeug.

In Dresden, 1992

Eine Bootstour mit Hélène, in Thailand

Bei den alten Griechen – mit Henry Fonda und Suzanne auf der Akropolis in Athen

Zu den eigenen Wurzeln – mehrfach besucht er das Heimatland seiner Eltern und Vorfahren.

Der Kälte entronnen – im geliebten Thailand

Heimkommen

Es gibt nichts auf der Welt, das dem Heimkommen gleichkäme. Tote Gegenstände wie Betten, Stühle oder Schreibtische brauchen nur da zu sein, um ihren Willkommensgruß deutlich zu machen. Selbst wenn man das Neue als Reiz braucht, trägt Vertrautheit zur Beruhigung bei.

Sein Zuhause in Bursins, am Genfer See

Die Sorte Wein, die wir selbst anbauen, ist ein nervöser kleiner Wein und sollte am besten zu Anlässen wie Taufen, Hochzeiten oder Scheidungen getrunken werden.

Es wäre unfair, betrachtete man das Altern ausschließlich als ein Nachlassen der Fähigkeiten, das schließlich in der dauerhaften Bewegungslosigkeit gipfelt, die zu erwarten uns die Erfahrung unserer Vorfahren veranlasst.

Ein bei alldem ganz unerwarteter Gewinn ist die langsame Erkenntnis, dass die menschliche Seele durchaus unsterblich sein könnte, selbst wenn der menschliche Körper unterdessen beginnt, sich in die unübersehbare Sterblichkeit zu fügen. Es ist keine große religiöse Erweckung vonnöten, um zu dieser angenehmen Schlussfolgerung zu gelangen, sondern nur die Erkenntnis, dass dieser Körper, in dem wir da festsitzen und den wir uns zu Beginn nicht ausgesucht haben, sein Leben als Fait accompli begann.

Allmählich aber macht er sich daran, die Eigenschaften eines Mietwagens zu entwickeln: Er steht uns zur Verfügung, aber er ist wie alles andere dem Lauf der Zeiten unterworfen und somit von langsam abnehmender Funktionalität. Man muss immer vorsichtiger damit fahren.

Und was hat die menschliche Seele damit zu tun? Ah, sie ist der Teil von uns, der nicht altert; sie bewahrt sich den Geist der Blütezeit, selbst wenn ihre Anweisungen ungehört verhallen.

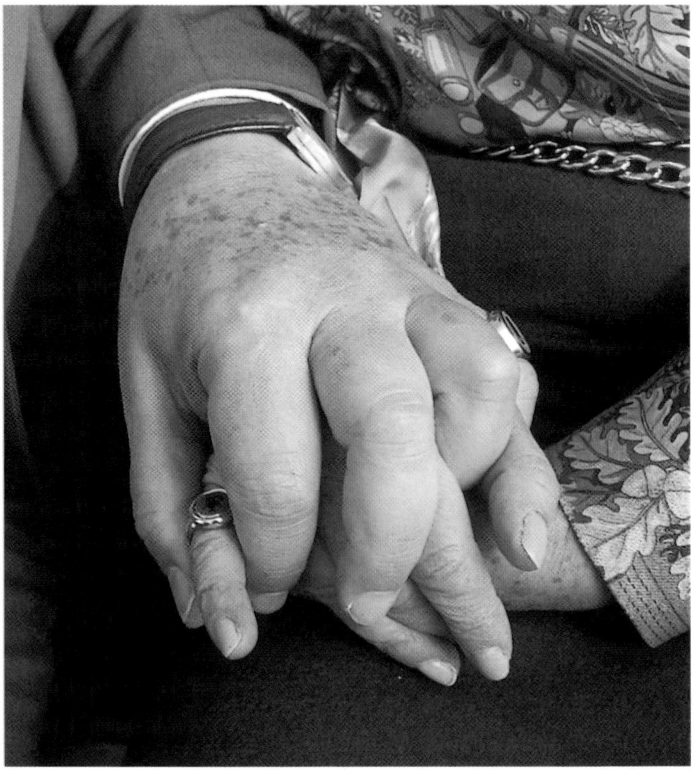

SONY
E-180DX

Zu dieser Ausgabe

Ein Band, der die Bilder seines Lebens versammelt, war das letzte Buchprojekt, das Peter Ustinov noch realisieren wollte. Zusammen mit seiner Frau Hélène, die zu unserer großen Freude diesen Band herausgibt, haben wir Ende 2003 die Fotoalben geplündert und aus den Kisten und Kästen vom Dachboden und aus dem Keller manche Überraschung zutage gefördert: eine verschollen geglaubte Fotografie, die Sir Peter in seinem geliebten Aston Martin Lagonda zeigt, Aufnahmen vom Rande eines Formel-1-Rennens in Monte Carlo mit Yves Montand, private Fotos von einem Griechenland-Besuch mit Henry Fonda oder von einer Begegnung mit Jackie Kennedy, einen ganzen Karton mit Autogrammpostkarten aus verschiedensten Zeiten, die ihn zu dem Ausruf »Das ist wirklich der Tag des Narziss!« verleiteten, und nie gezeigte Standfotografien all der Filme, an denen der große Schauspieler und Regisseur mitwirkte: von »Quo Vadis?« und »Lola Montez« über »Spartacus«, »Romanoff und Julia«, »Billy Budd«, »Topkapi« bis zu »Tod auf dem Nil« und »Luther«, seinem letzten Film, in dem er in der Rolle des sächsischen Kurfürsten Friedrich der Weise brillierte. Besonders danken möchte ich Susanne und Peter Köster, die jahrzehntelang mit Peter Ustinov zusammengearbeitet und uns bei der Recherche großartig unterstützt haben. Aufnahmen, die seine frühe Theaterarbeit dokumentieren, Bilder von Proben und Premieren seit den vierziger Jahren, von seinen vielen Reisen rund um den Globus und der Arbeit für Unicef komplettieren diesen Bildband, der nun postum als Hommage an den großen Künstler und Menschenfreund Peter Ustinov erscheint.

Lutz Dursthoff — im Oktober 2004

Die Herausgeberin und der Lektor

Zeittafel

16. April 1921
Geburt in London. Petrus Alexandrus Ustinov ist das einzige Kind des russischen Emigranten Jona Ustinov und seiner Frau Nadine, geb. Benois.

17. April 1921
Taufe in Schwäbisch Gmünd

1934–1937
Besuch der Eliteschule Westminster in London

1937–1939
Schauspielausbildung am London Theatre Studio

1939–1942
Erste Erfolge auf den Londoner Bühnen: vom selbst geschriebenen Kabarett-Monolog *Bischof von Limpopoland* bis zu George Benhard Shaws *Pygmalion*

1940
Heirat mit Isolde Denham

Erste Filmrolle als van der Lubbe in dem dokumentarischen Film *Mein Kampf – My Crimes*

16. Januar 1942
Beginn des Militärdienstes als einfacher Soldat. Ab Ende 1942 arbeitet er als Schauspieler, Regisseur und Drehbuchautor für den Armeekinodienst und begegnet bei den Dreharbeiten zu *The Way Ahead* (1944) zum ersten Mal Oberst David Niven.

Oktober 1942
Uraufführung seines ersten Bühnenstücks *House of Regrets* im Londoner Arts Theatre

25. Juli 1945
Geburt seiner ersten Tocher Tamara

1946
Premiere seines ersten Films *School for Secrets*, für den er sowohl das Drehbuch schreibt als auch Regie führt.

Auf die Bühne kehrt er nach dem Krieg als Oberst Petrowitsch in der Bühnenfassung von Dostojewskis *Schuld und Sühne* zurück.

1949
Scheidung von Isolde Denham

1951
Als Kaiser Nero in *Quo vadis?* – der Durchbruch in Hollywood

Uraufführung von *Die Liebe der vier Obersten* am Wyndham Theatre London. Das Stück wird in 14 europäischen Ländern aufgeführt und erhält 1953 in den USA den Kritikerpreis als bestes ausländisches Stück.

1952/1953
Hotel Sahara und *Beau Brummel – Rebell und Verführer* – die ersten Filmrollen nach dem großen Erfolg als Nero

1954
Heirat mit der frankokanadischen Schauspielerin Suzanne Cloutier und Geburt seiner zweiten Tochter Pavla

1955
Wir sind keine Engel – als Filmpartner von Humphrey Bogart

Mit *Lola Montez* unter der Regie von Max Ophüls kehrt er kurzfristig zum europäischen Kino zurück.

1956
Uraufführung seines Stücks *Romanoff und Julia* – das einzige seiner Theaterstücke, das er später auch selbst verfilmt hat (1961)

Geburt des Sohnes Igor

1959
Geburt seiner dritten Tocher Andrea

Beginn der Dreharbeiten zu *Spartacus*. Er spielt die Rolle des Sklavenhändlers Lentulus Batiatus.

1960
Dreharbeiten in Australien für *Endlos ist der Horizont*

1961
Erster Oscar für die beste Nebenrolle in *Spartacus*

Dreharbeiten zu Herman Melvilles Roman *Billy Budd* – Sir Peters Lieblingsfilm, für den er das Drehspruch schreibt, den er produziert, bei dem er Regie führt und die Rolle des Kaptain Vere übernimmt

Umzug in die Schweiz und Veröffentlichung seines ersten Romans *The Loser* (dt. *Der Verlierer*)

1962
Erneuter großer Erfolg als Bühnenautor mit *Endspurt* im Londoner Westend

Erste Opernregie am Royal Opera House, Covent Garden London. Es werden noch viele Ausflüge in die Welt der Oper folgen.

Am 30. November stirbt sein Vater im Alter von 69 Jahren.

1963
Topkapi. 1964 bekommt er für die Rolle als kleiner Ganove seinen zweiten Oscar als bester Nebendarsteller.

1964–1968
Eine zu viel im Harem
Lady L
Die Stunde der Komödianten
Das Millionending

1968
Scheidung von Suzanne Cloutier

Ernennung zum Unicef-Botschafter – im Auftrag von Unicef unternimmt er in den folgenden Jahren unzählige Reisen.

1972
Heirat mit Hélène du Lau d'Allemans – der Beginn von 32 glücklichen Jahren

1974
Wer hat unseren Dinosaurier geklaut? – eine seiner drei Disney-Produktionen

1975
Tod der geliebten Mutter Nadine

1976
Sein erster Auftritt als Agatha Christies Meisterdektekiv Hercule Poirot in *Tod auf dem Nil*. Insgesamt spielt er diese Rolle sechs Mal.

1977
Veröffentlichung seiner Autobiographie *Dear me* (dt. *Ich und Ich*)

1978
Unicef verleiht ihm den Preis für hervorragende Dienste.

1983
Uraufführung seines 25. Theaterstücks *Beethovens Zehnte*. Weltweit spielt er in den folgenden Jahren die Rolle des Beethoven und feiert mit dieser Darstellung Triumphe.

Veröffentlichung von *Mein Russland* – die Geschichte des Landes seiner Vorfahren. Das Buch wird Grundlage der sechsteiligen Fernsehreihe *Ustinovs Russland* (1985).

1984
Ustinov's People – Interview-Reihe mit Politikern für das irische Fernsehen. Er spricht u.a. mit Yitzhak Rabin, Jassir Arafat, König Hussein von Jordanien und Indira Gandhi, die auf dem Weg zum Interview ermordet wird.

1989
Ernennung zum ausländischen assoziierten Mitglied an der Académie des Beaux Arts. Er ist Nachfolger von Orson Welles.

1990
Premiere der One-Man-Show am 21. März im Theatre Royal am Haymarket, London. Bis 1995 geht er mit dem Abend auf weltweite Tournee.

Von Elisabeth II. wird er in den Adelsstand erhoben.

In den 90er Jahren dreht er diverse Fernsehdokumentationen, von *Mit Peter Ustinov im Vatikan* (1994) bis *Planet Ustinov* (1998) – eine Reise um die Welt auf der Grundlage von Mark Twains Reisejournal.

1992
Ernennung zum Kanzler an der Universität Durham

1998
Sein letzter Roman *Monsieur René*

16. April 2001
80. Geburtstag. Feier einer großen Show in Berlin, die vom ZDF live übertragen wird.

2003
Seine letzte Rolle als Friedrich der Weise in *Luther*

28. März 2004
An diesem Tag stirbt er in einer Klinik bei Genf im Alter von 82 Jahren. Die Trauerfeier findet am 3. April in der Saint Pierre Kathedrale in Genf statt.

Sir Peter Ustinov war ein Multitalent, der in fast allen Formen der Kunst zu Hause und außergewöhnlich produktiv war. Daher sind die angeführten Filme, Theaterproduktionen, Bücher und Fernsehsendungen nur eine repräsentative Auswahl, die die vielen Facetten seines künstlerischen Lebens zeigt.

Bildnachweis

Archiv Peter Ustinov
Vorsatz, Seite 12, 13, 14, 15, 16, 18, 24, 25, 27, 28, 29 unten, 30 oben, 42, 54 oben, 57 unten, 68, 71, 72, 73, 74/75, 76 oben, 92, 93, 98, 100/101, 102, 103, 108, 109, 112, 117 unten, 123, 127, 128 unten, 129, 134, 136, 138, 139 unten, 140, 141, 142, 150 unten

Archiv der Deutschen Oper Berlin
Seite 122

Andreas Baier, London
Seite 130

Cinetext Bildarchiv
Seite 36, 39, 43, 44 unten, 47 oben, 49, 91 rechts unten, 94 unten, 97 unten, 111 rechts, 132

Cinetext/Groeneveld
Seite 96

Cinetext/RR
Seite 90 oben

defd
Seite 22, 38 oben, 46, 50, 51 oben, 70 rechts, 90 unten, 92 oben, 97 oben

Franziska Tengler
Seite 131

Gamma/Studio X
Seite 11, 114, 115, 117 oben, 126, 145

Herlinde Koelbl
Seite 144, 146, 147, 148, 149, 150 oben

Hulton Archive/Corbis
Seite 20, 29 oben

Hulton Archive/Getty images
Seite 19, 21, 23, 26, 31, 32, 95

Keystone/Studio X
Seite 55

People Picture
Seite 56 unten, 57 oben, 70 links, 76 unten, 135 unten, 137

Picture Press
Seite 38 unten, 52 unten, 77, 119, 120, 143

picture-alliance/dpa
Seite 9, 40 unten, 47 unten, 56 oben, 70 rechts, 94 oben, 105, 106, 110, 111, 116, 118, 121 oben, 124, 125, 128 oben, 133, 135 oben, 139 oben

RUDAR/Studio X
Seite 54 unten, 69, 88, 89, 104, 121 unten, 145

AMPAS/Sanford Roth.MPTV.net
Seite 44 oben, 45, 59, 60/61, 62, 63, 64, 65, 66, 67, 79, 80, 81, 82/83, 84, 85, 86, 87, 107

Sunset Boulevard/Corbis
Seite 40 oben

Time Life Pictures/Getty images
Seite 17, 52 oben

ullstein – camera press ltd.
Seite 53

ullstein – dpa
Seite 30 unten

ullstein – ullstein bild
Seite 33, 41, 51 unten, 70 oben

Universal Studios/Getty images
Seite 48

Der Verlag konnte nicht alle Inhaber der Urheberrechte ermitteln. Sie werden gebeten, eventuelle Ansprüche geltend zu machen.

WANTED

Roman Ustinov

Charlotte Ustinov

Rainer Ustinov

Melanie Ustinov

Textnachweis

Der Findling. Erinnerungen an Peter Ustinov, aus: Die Zeit, 1. April 2004, © Roger Willemsen
Seite 6–10

Peter Ustinov, Ich und Ich. Erinnerungen, München 3. Aufl. 2001, © Econ Verlag in der Ullstein Buchverlage GmbH, Berlin 1999
Seite 12–16, 32-34, 39, 46-47, 58, 68, 72, 77, 142

Peter Ustinov, Die Gabe des Lachens. Seine Lebensgeschichte, aufgeschrieben von John Miller, Köln 2003, © Verlag Kiepenheuer & Witsch, Köln 2003
Seite 21, 23, 41, 43, 78, 108, 116

Peter Ustinov, Die Reisen des Sir Peter. Alle Geschichten von unterwegs, Köln 2003, © Verlag Kiepenheuer & Witsch, Köln 2001, 2002, 2003
Seite 37, 129

Felizitas von Schönborn, Peter Ustinov. »Ich glaube an den Ernst des Lachens«, München 1977, © Langen Müller in der F. A. Herbig Verlagsbuchhandlung GmbH, München 1997
Seite 99, 114-1

Peter Ustinov, Mit besten Grüßen, München 2001, © Econ Ullstein List Verlag GmbH & Co.KG, München 2001
Seite 146

1. Auflage 2004

Layout und Produktionsleitung: Monika König
Bild- und Textredaktion: Stephanie Kratz
Umschlaggestaltung: Rudolf Linn, Köln
Umschlagfotos Titelseite: © picture alliance/dpa/KPA; AMPAS/
Sanford Roth.MPTV.net
Umschlagfoto Rückseite: © F. Darmigny/Gamma/StudioX
Vor- und Nachsatz: Eine Persiflage auf die Terroristenfahndung der 70er (mit freundlicher Genehmigung von Susanne und Peter Köster)
Gesetzt aus der Excelsior
Satz und Reproarbeit: grafik & sound, Köln
Druck und Bindearbeiten: MOHN Media • Mohndruck GmbH, Gütersloh
ISBN 3-462-03418-9